AF360289

CATALOGUE

DES

TABLEAUX

ET

DESSINS ANCIENS

DES DIFFÉRENTES ÉCOLES

Formant la Collection de feu MM. P. et J. de HAUREGARD

DE PARIS ET DE BRUXELLES

DONT LA VENTE AUX ENCHÈRES PUBLIQUES AURA LIEU

HOTEL DES VENTES MOBILIÈRES

Rue Drouot, n° 5

SALLES Nᵒˢ 4 ET 5

Les Lundi 4, Mardi 5, Mercredi 6 et Jeudi 7 Avril 1864

A DEUX HEURES PRÉCISES

Par le ministère de **Mᵉ ESCRIBE**, Commissaire-Priseur,
rue Saint-Honoré, 217,
Assisté de **M. HORSIN DÉON**, Peintre, rue Chabanais, 1,

CHEZ LESQUELS SE DISTRIBUE LE PRÉSENT CATALOGUE

EXPOSITION PUBLIQUE

Le Dimanche 3 Avril 1864, de 1 heure à 5 heures.

PARIS

RENOU ET MAULDE

IMPRIMEURS DE LA COMPAGNIE DES COMMISSAIRES-PRISEURS
Rue de Rivoli, 144

—

1864

CATALOGUE

DES

TABLEAUX

ET

DESSINS ANCIENS

DES DIFFÉRENTES ÉCOLES

Formant la Collection de feu MM. P. et J. de HAUREGARD

DE PARIS ET DE BRUXELLES

DONT LA VENTE AUX ENCHÈRES PUBLIQUES AURA LIEU

HOTEL DES VENTES MOBILIÈRES

Rue Drouot, n° 5

SALLES N°ˢ 4 ET 5

Les Lundi 4, Mardi 5, Mercredi 6 et Jeudi 7 Avril 1864

A DEUX HEURES PRÉCISES

Par le ministère de **Mᵉ ESCRIBE**, Commissaire-Priseur,
rue Saint-Honoré, 217,
Assisté de **M. HORSIN DÉON**, Peintre, rue Chabanais, 1,
CHEZ LESQUELS SE DISTRIBUE LE PRÉSENT CATALOGUE

EXPOSITION PUBLIQUE

Le Dimanche 3 Avril 1864, de 1 heure à 5 heures.

PARIS

RENOU ET MAULDE

IMPRIMEURS DE LA COMPAGNIE DES COMMISSAIRES-PRISEURS
Rue de Rivoli, 144

—

1864

CONDITIONS DE LA VENTE

Elle sera faite au comptant.

Les Acquéreurs paieront CINQ CENTIMES PAR FRANC en sus du prix des adjudications.

La Collection dont nous donnons le Catalogue est déjà très-anciennement formée. Elle se compose de 49 Tableaux et de plus de 1,500 Dessins. Parmi les premiers, nous croyons qu'il nous suffira d'appeler l'attention de Messieurs les Amateurs et les Marchands, sur la *Sainte Thérèse*, magnifique production de Rubens, qui, dans la riche collection du prince de Ligne, comptait au nombre des chefs-d'œuvre.

Les Dessins provenant des collections Mariette, Regnault de la Lande, Villenave, Peyron, Henrici Hamel, Delberg de Gand, Langlier, Gounod, Constantin, Florenville, etc., etc., renferment aussi un grand nombre d'excellentes productions, entre autres le *Cupidon* de Prud'hon, l'exécution en est esquise; un beau dessin de Rubens provenant de la collection

Regnault de la Lande ; enfin, une suite ravissante de maîtres français si recherchés aujourd'hui.

Nous osons donc espérer que Messieurs les Amateurs et Messieurs les Marchands répondront à notre appel et appuieront nos efforts de leur bon concours.

<hr>

AVIS

Notre intention était de vendre nos tableaux le 4, salle n° 5 ; mais afin d'éviter une concurrence toujours fâcheuse, nous commencerons par les Dessins et terminerons, le 7 avril, par les Tableaux qui seront réexposés complétement, salle n° 4, jusqu'à trois heures, le jour de la vente.

DÉSIGNATION

DES

TABLEAUX

ÉCOLES ALLEMANDE, FLAMANDE ET HOLLANDAISE

BOGAERT (Signé Van den).

1 — Paysage.

De belles masses d'arbres, des terrains accidentés entre lesquels coule une petite rivière; sur ses bords on voit une hôtellerie. Quelques personnages complètent ce paysage librement exécuté.

BOL (Ferdinand).

2 — Tête d'homme.

Elle est traitée dans la manière de Rembrandt; la couleur en est transparente, et la touche légère ne nuit en rien au caractère sévère de cette excellente petite production.

DYCK (Antoine Van).

3 — La Vierge, l'Enfant, saint Dominique et sainte Ursule.

Saint Dominique et sainte Ursule sont agenouillés aux pieds de Marie debout entre eux. L'Enfant Jésus, sur les bras de la Vierge, tourne ses regards divins sur sainte Ursule, tandis que sa mère offre un chapelet à saint Dominique.

C'est une grisaille légèrement frottée et teintée que l'esprit du maître anime.

DIETRICK.

4 — Paysage.

Entre d'immenses amas de rochers couronnés d'arbres brisés, ou qui élèvent majestueusement leurs vigoureux branchages en l'air, coulent paisiblement les eaux d'une rivière. Un paysan qui pêche, une petite femme et un jeune garçon qui cueillent des fleurs égaient ce bon tableau, composé dans le goût de Salvator, dont il a l'aspect saisissant et sauvage.

DOES (Jacques, Van der).

5 — Paysage et animaux.

FRANCK (François), le jeune, signé.

6 — Jésus conduit au Calvaire.

Sortie de Jérusalem qui se voit à quelque distance, une foule considérable de peuple et de soldats entoure ou suit le Christ qui marche au supplice. Trois bourreaux le frappent à coups de bâton ou le tirent par des cordes nouées autour de son corps. Chargé de sa croix, notre Seigneur est tombé affaissé sous le poids de son fardeau. Sainte Véronique et trois autres femmes se sont approchées pour le consoler et essuyer son front ruisselant de sueur et de sang ; mais ses impitoyables bourreaux le forcent par la violence à atteindre le Calvaire, où déjà la foule se groupe pour être témoin de son supplice.

Tableau capital rempli d'animation et du plus beau faire du maître.

GLAUBER.

7 — Paysage, site d'Italie.

GRIFF.

8 — Chiens et Gibier.

HARENS.

9 — La Charité romaine.

HELMONT (VAN).

10 — Un Fumeur.

Il est assis sur un escabeau, le coude appuyé sur un banc où est déposé un réchaud. Il tient une pipe d'une main et de l'autre une canette. Dans le fond, un second personnage qui entre, quelques poteries qui se voient sur une planche, forment l'ensemble de ce tableau spirituellement touché tout dans la manière de Téniers, et d'une couleur vigoureuse.

HEUSCH (GUILLAUME DE).

11 — Paysage.

Un monticule rocheux couvert de gazon et d'arbres au feuillage léger, occupe tout le premier plan et entièrement la partie gauche de tableau. A droite, au-dessus des arbustes et du terrain qui s'abaisse, la vue se porte sur une campagne jusqu'à une ligne de montagnes qui se perd à l'horizon dans les vapeurs aériennes. Sur une route qui descend du monticule, se voient des voyageurs et des muletiers, dont deux sont venus se désaltérer à une petite cascade qui orne le premier plan.

DU MÊME.

12 — Paysage.

La composition de celui-ci est analogue au précédent. C'est aussi un monticule qui occupe la partie droite du tableau, mais la route qui conduit à son sommet débouche sur le premier plan et est bordée de beaux arbres. On y voit des voyageurs, et un paysan appuyé sur une vache blanche cause avec une femme assise. A gauche, on aperçoit de même une riche campagne, mais une rivière aux eaux tranquilles et transparentes en parcourt tout le centre.

Ces deux tableaux, d'une couleur chaude et vaporeuse, ont toujours été attribués à Both, dont ils offrent plusieurs des grandes qualités, nous appelons donc spécialement sur eux l'attention de MM. les Amateurs.

HOBBEMA (Genre de).

13 — Paysage boisé.

HOET (Gérard).

14 — Le Jugement de Pâris.

Le berger du Mont Ida offre à Vénus le prix de la beauté. Humiliées de ce jugement et peu soucieuses des soins dont une foule d'amours les entoure, Pallas ramasse ses armes avec empressement, et Junon, en s'éloignant, semble menacer Pâris de sa puissance. Mercure à l'écart, dans les arbres, est seul témoin de cette scène.

Gracieuse composition qui offre de ravissants détails.

HUYSMANS (de Bruxelles).

15 — Paysage.

Au centre, une espèce de château-fort ; au fond des montagnes, à gauche, des arbres et des terrains vivement éclairés, aux différents plans des figures, composent ce tableau exécuté largement et un peu dans la manière de Van Artois.

JORDAENS.

16 — Saint Paul.

Il est vêtu d'un large manteau gris, la barbe et les cheveux blancs, les mains appuyées sur son épée. A la mâle expression de son visage, on reconnaît le grand apôtre des Gentils.

KAPELLE (Jean Van de).

17 — Mer houleuse.

Une nombreuse flottille couvre ses eaux. Plusieurs bâtiments sont amarrés et leurs matelots sont occupés à tendre des filets.

KLOMP.

18 — Marche d'Animaux.

MIÉRIS (Guillaume).

19 — Paysage.

Une rivière en parcourt tout le centre jusqu'à un horizon lointain. A sa gauche est la plaine boisée, à sa droite sont une montagne bornant la vue, une petite ville et de hautes falaises couronnées de végétation. Une terrasse meublée de buissons, d'un bouquet de jeunes arbres, occupe l'avant-scène du tableau et divise la rivière en deux bras. Le tout forme un ensemble pittoresque par la diversité et le fini des détails ; bon nombre de figures et des bateaux parmi lesquels on distingue un bac transportant des voyageurs et des animaux, animent encore ce charmant tableau.

MILET (Francisque).

20 — Paysage.

Sur une route qui longe une rivière, quelques petites figures spirituellement touchées, de hautes falaises sur lesquelles se voient des ruines, un lointain montagneux, de beaux arbres forment l'ensemble de ce tableau.

NESTCHER (Constantin).

21 — Portrait de Femme.

Elle est coiffée de ses cheveux blonds, sa robe est de satin blanc, un collier et des pendants de perles complètent sa parure.
Buste librement touché et d'un joli coloris.

OOST (Jacques Van).

22 — Christ en Croix.

Cette figure est exécutée dans la manière de Rubens et de Van Dyck. La couleur et la touche en sont vigoureuses et fermes.
Ce tableau, qui figure au Catalogue Chantrell, de Bruges, n° 76, est daté 1667 et signé.

23 — Le Rédempteur.

Par l'intercession de la sainte Vierge, Jésus enfant apparaît dans toute sa gloire céleste aux apôtres et aux martyrs qui ont quitté la terre dans l'espérance du pardon et du bonheur éternel.
Fougueuse esquisse du tableau qui se voit dans l'église Notre-Dame, à Bruges.

OSTADE (Isaac Van).

24 — Intérieur de Tabagie.

Au centre d'une pauvre habitation rustique, un homme et une femme se battent. La femme, renversée à terre, a saisi son adversaire par les cheveux au grand ébahissement d'un rustre qui, debout, un pot de bière à la main, considère dans une pose admirative les efforts des combattants. Une femme tenant une pipe d'une main, un verre de l'autre, et deux enfants s'amusent seuls de la lutte. Les autres groupes se composant de fumeurs près d'une cheminée, d'un homme et d'une femme causant de fort près, d'un autre homme endormi sur un tonneau, et qui restent étrangers au sujet principal. Enfin, des accessoires, escabeaux renversés ou chargés de pots de bière, de tabac et de pipes, le tout distribué avec intelligence, ajoute au pittoresque et à l'animation de cet intéressant tableau d'une couleur brillante, d'un effet des plus piquants.

PATENIER (Joachim de).

25 — Saint Jean dans l'île de Pathmos.

Au bord de la mer, dans un paysage d'un aspect sévère borné par de hautes falaises et par des rochers qui défendent l'approche d'un port et d'une ville antique, saint Jean est assis près d'un arbre, son aigle symbolique à ses pieds. D'une main, il soutient un livre sur ses genoux. Il y écrit sans doute l'*Apocalypse*, car tout en lui exprime la contemplation et l'extase, et ses yeux cherchent l'inspiration dans le ciel, qui s'ouvre pour lui en dévoiler les mystères.

QUELLYN (Erasme).

26 — Tomyris.

Cette reine des Scythes ayant vaincu Cyrus, fit tremper la tête du conquérant dans un vase plein de sang, voulant, dit-elle, l'en rassasier après sa mort puisqu'il en était insatiable pendant sa vie.

Composition de huit figures, d'une exécution vigoureuse et d'une belle couleur.

RUBENS (Pierre-Paul).

27 — Sainte Thérèse.

Dans le costume de son ordre, sous le portique et sur les dalles d'une chapelle, elle est à genoux. Son attitude tout entière exprime le recueillement et l'extase que lui inspire l'ineffable présence du Saint-Esprit. Aussi la douce tranquillité de ses traits exprime-t-elle un profond sentiment d'amour divin.

Cette figure du plus grand relief est peinte avec une fermeté, une habileté de brosse qui la classent parmi les meilleures productions de Rubens qui, du reste, l'exécuta pour le cloître de la communauté de Sainte-Thérèse d'Anvers. La tête est le portrait de la supérieure de l'ordre. Ce tableau a été gravé plusieurs fois par Verschuppen entre autres.

Il provient de la collection du prince de Ligne et figure au n° 418 du Catalogue de Rubens publié à Bruxelles en 1840 par M. André Van Hasselt.

RUBENS (Attribué à).

28 — Le Croc en jambes.

C'est une très-belle répétition du sujet gravé sous ce titre. On y remarque quelques changements. Quoi qu'il en soit, ce tableau est bien du temps et est incontestablement d'un des bons élèves de Rubens.

RUBENS (Ecole de).

29 — L'Aurore, allégorie. Esquisse.

SIEBERECHTS (Jean)

30 — Paysage et Animaux.

Deux moutons et une vache sont gardés par une femme assise au second plan. Sur ce plan se voit aussi un arbre brisé qui étend ses rameaux jaunis sur un ciel nuageux éclairé par un soleil couchant. Au fond sont les premières maisons d'un village et un paysage montagneux et boisé.

SOOLEMAKER.

31 — Paysage.

Sur le premier plan, une mare, des terrains sablonneux éboulés, un vieil arbre entouré de plantes buissonneuses ; au fond, un pays montagneux, un cavalier sur la route ; dans la mare deux vaches et une chèvre gardée par une femme qui file composent ce petit tableau spirituellement touché.

TENIERS (David), le jeune.

32 — Scène de Cabaret.

Un paysan flamand debout, la main droite passée dans son gilet, et tenant de la main gauche une canette qu'il présente au spectateur comme en en déplorant le vide, est la figure principale de ce gentil petit tableau. Il se complète par deux autres figures qui causent et fument près d'une cheminée dans laquelle brille un feu pétillant, et enfin par un tonneau sur lequel sont une serviette et un cruchon de bière.

33 — Deux Fumeurs.

Ils sont installés dans un intérieur rustique et près d'une cheminée. L'un est assis sur un escabeau, l'autre debout ; ils semblent engagés dans une sérieuse conversation, car tous deux ont retiré leurs pipes de la bouche pour ne rien perdre sans doute de leur entretien.
(Pendant du précédent.)

TENIERS (le père).

34 — Le Banquier.

Vêtu d'une robe fourrée, une toque sur la tête, il est assis devant une table et écrit avec une grande application. Près de lui, sa femme, vêtue de noir, pèse de l'or avec non moins d'attention.
Une exécution soignée distingue ce petit tableau, un des bons du maître.

THULDEN (Van), d'après Rubens.

35 — Le Jugement dernier.

Grisaille exécutée d'après le célèbre tableau de Munich. Dessinées avec un soin extrême à la plume, les figures sont modelées par de légers glacis soutenus avec réserve par des vigueurs et des clairs savamment et spirituellement touchés.

ÉCOLE FRANÇAISE

BOURDON (Sébastien).

36 — Sainte Famille.

La Vierge est assise au pied de ruines. Sainte Anne, agenouillée près d'elle, reçoit avec bonheur les caresses de l'Enfant Jésus, à demi couché sur sa mère. Saint Joseph, un peu en arrière, de peur de troubler ce doux épanchement de famille, empêche d'en approcher le petit saint Jean, qui tient un oiseau dans la main.

CHAMPAGNE (Philippe de).

37 — Saint Grégoire.

Assis, un livre de musique posé sur une table devant lui, le saint enseigne à quatre enfants de chœur le chant grégorien. Trois diacres se tiennent debout derrière sa chaise, et des anges apparaissent dans une gloire au-dessus de sa tête.

N° 217 du Catalogue Schamp. Esquisse du grand tableau qui se trouve dans l'église Saint-Michel, à Gand.

CHARPENTIER.

38 — Portrait (présumé) de Marie-Joseph Chénier.

GREUZE (Jean-Baptiste).

39 — Tête d'Enfant.

GREUZE (Mlle).

40 — Tête de Jeune Fille.

Elle porte une mantille noire nouée sur le sein.

MARTIN.

41 — Siége de ville.

Louis XIV commande en personne, on le voit sur le premier plan donnant des ordres aux généraux et officiers qui l'entourent. Trois groupes de tentes, des cavaliers, des fantassins, cantiniers et cantinières, abrités par des épaulements en terre indiquent des avant-postes. La ville est au centre d'une plaine, deux monticules couronnés par des citadelles et un château-fort la dominent, et le feu de leurs canons donnent seuls quelque animation aux campagnes solitaires qui l'entourent.

PAGNÈS.

42 — Tête de Femme. Étude.

ÉCOLES ITALIENNE ET ESPAGNOLE

GUIDE (GUIDO RENI).

43 — Le Christ au Jardin des Oliviers.

Ce tableau, d'une belle exécution, passe pour une répétition de celui qui figure dans notre Galerie du Louvre.

MURILLO.

44 — Saint Philippe de Néri.

Le saint, marchant sur les eaux, sauve, en le saisissant par les cheveux, un jeune homme qu'elles allaient engloutir. Le naufragé, oubliant tout danger, est plein d'admiration et de reconnaissance pour la protection divine dont il est manifestement l'objet.

Les expressions de ces deux figures sont admirables : l'une est calme et digne ; les traits de l'autre reproduisent avec bonheur, en nuances délicates, les sentiments profonds dont elle est pénétrée. Enfin, le dessin de ce tableau est simple, d'un bon style. La couleur en est suave et argentine, et à ces qualités se joint encore une exécution soignée à laquelle il ne manque rien pour plaire.

MURILLO (Attribué à).

45 — Portrait d'un religieux.

Il est vu en buste, la tête découverte, et porte de légères moustaches.
Ce petit portrait, d'une bonne exécution, mérite une attention particulière des amateurs.

RIBERA (Ecole de).

46 — Saint Jérôme.

Le saint demi-nu est assis à terre, tenant un livre sur ses genoux; il lit attentivement. D'autres livres ouverts et fermés, un crucifix et une écritoire sont les seuls accessoires qui l'entourent.

SALVATOR (Ecole de).

47 — Jésus au Jardin des Oliviers.

TASSI (Genre de).

48 — Paysage.

INCONNU (Ecole milanaise).

49 — Les Disciples d'Emmaüs.

RENOU et MAULDE, Imprimeurs de la Compagnie des Commissaires-Priseurs, rue de Rivoli, 144.   29295